植松晃一詩集

生々《しょうじょう》の綾《あや》

コールサック社

詩集　生々《しょうじょう》の綾《あや》

目次

詩集

生々《しょうじょう》の綾《あや》

植松晃一

ざくろの花

黒い枝についた
ざくろの花が
ぽとり
と
落ちた。
居場所をなくした
いのちのように
音もなく
静かに
ぽとり

と
冷えていった。
花弁《はなびら》を開くことも
散らすこともせず
ただひとすじの
赤い航跡を
暗闇に残して。
ざくろの花は
ぽとり
と
予告なく
今日も落ちる。

地獄はいつも雨

地獄はいつも雨
つみびとたちの魂が
まっすぐに落ちてくるから
鬼の傘に降る魂は
音をたてて弾《はじ》ける
なぜ地獄に落ちたのか
わからないとでもいうように

ドン　タッ　ドン　タッ　ドン　タッ　ドン
閻魔《えんま》の判が機械的に響く

いい人であるだけでは
遵守《まも》れないことわりがあるのだ
後悔することもできない魂たちを溶かして
嘆きの川は
静かに流れゆく

通勤電車

通勤電車の乗客は
誰も彼も
同じような顔をしているけれど
駅を出れば
みんなそれぞれの顔になり
それぞれの役目を果たす
わたしを除いて

あの日から七日
忌日《きにち》の本日

わたしは最果ての
終着駅まで行く

わたしが愛した家族や風景
焼けついた恨みや後悔は
現世から切り取られ
ガラスの小瓶に詰められて
もはや感じることも癒すことも
ただすこともできない
わたしは役目を果たしたのか
うまく役を演じられたのか
何が正解で何があやまちだったのか
わたしが電車を降りるころには
すべての沙汰《さた》も次の行き先も
明らかになっているだろうか

満員の通勤電車にはいつも
役目を終えた存在が乗っている
再演は百年後か五億年後か
たとえ阿僧祇劫《あそぎこう》を流れても
出番があるとは限らないけれど
悪鬼《あっき》と契約してでも役を得ようと
未来を算段する魂たちを迎えて
三途の河原の駅長は
後生《ごしょう》の夢に光あれと
背《はい》で嗤《わら》う

生々《しょうじょう》の綾《あや》

子どもにとって最良の教材は
親の生き様《ざま》と死に様だ

己を離れた客観的な真実などない

望まぬ一日は魂に無数のすり傷をつくる
やがて痛みに鈍感になる

「善」に憑《つ》かれた人びとは
善良になる暇《いとま》をもたない

絶対を強調する教えは
人間を軽薄にする

選択が人間をつくる
選択の自由を奪うな
たとえその自由に耐えられなくても

自立という孤独は健全
孤立という孤独は猛毒

燃えあがり
焼き尽くし
燃え尽きる
かなしみよ

歌え

私という存在は
風向きが変われば台風のように
ふっとほどけて消えてしまう

断末魔《だんまつま》の刃風《じんぷう》が
魂から肉を削《そ》ぎ落す
時空を超える
変容のプロトコル

人間は死とともにあるときのみ真実だ

運命

わたしは
おまえから生まれた
おまえが産声《うぶごえ》をあげる前から
わたしは
おまえとともにあった
わたしを育てたおまえよ
おまえはわたしを生みながら
遠い天空《そら》に神を探している

わたしは

おまえに必要なものを与える
苦痛も　嘆きも　よろこびも
無駄なものは何ひとつなく
何ひとつ輝かぬものはない
孤独のなかに瞳をこらせば
わたしの顔を見極められるだろう

わたしの名は「運命」
おまえから生まれた
常におまえとともにあり
おまえのままに歩む
死でさえも
分かつことなく

満員電車の蠅《はえ》

満員の地下鉄に迷い込んだ
蠅　一匹
あちらの肩では追い払われ
こちらの本にとまっては吹き飛ばされ
ときおり明るむ窓外《そうがい》の景色に
頭を強打してよろめく
飛翔の天才の色もなく
壁をつたい
天井をはい
右へ　左へ

狂乱の憐《あわ》れ

ついにあきらめたか
網棚の隅で揺れに耐え
死の風に浮き足をふんばる
友だちは見えず
太陽も月もない
ゆく道を見失った
蠅　一匹
せわしなく
手もみすることもなく
ねじのでっぱりか何かのように
じっと動かない

賢い蠅よ

おそれを超えて
あるがままを見つめよ
どこにも蝿叩きはない
翅《はね》も傷ついていない
おまえのそばに出口はある
その優れた視力で
見つけだせ　生きる道を
扉は誰にも平等に開く

わたしと目が合うと
蝿は助けを求めるように
ぶぶと翅をふるわせた
扉を出ればわたしも
東京という満員電車に
とらわれ揺れる一匹

必死の生命よ
ともにゆくか
おまえは翅で
わたしは足で
全力にかけよう
いまはまだ開かない
扉の向こうへ

神の箱庭

電車から見える
集合住宅の窓は
住人の顔をしている
磨かれて曇りのない窓
ほこりっぽい窓
カーテンを閉めきった窓
あけっぴろげな窓
整頓された端正な窓
あふれるモノに膨らんだ窓
しゃれた照明に輝く窓

子どもの声が響く窓
電気がつかない窓
がらんどうの窓
ひび割れた窓
網戸が外れた窓
そこには苦楽があり
愛憎《あいぞう》があり
貧富があり
強者と弱者があり
夢があり
悩みがあり
懸命と怠惰
安心と不安
希望と絶望
成功と挫折

健康と不健康
幸福と不幸があるだろう
窓は人生の標本箱
その展示場は
神の箱庭
雑多に見えながら
分類され
整理され
きっと神の悪い癖《くせ》で
全体最適が図られている
石垣のアンフェア
誰もが不満を抱える
調和という神の嗜好《しこう》
あゝ世界は美しく
なんだか悔しい

そうだ
あした
窓を磨こう
少しは景色が
違って見えるだろう

生きるために

ぱちん
蚊《か》だ
そんな死もある
希望

立ち位置

わたしの右目と左目は
異なる世界を映している
右目は明るくぼやけた風景に
左目はクリアだが少し歪《ゆが》んだ景色に生きている
十センチにも満たない立ち位置のずれと
色と空間の感じ方の個性が
わたしにこの豊かな世界を見せている
右目の風景だけが真実ではなく
左目の歪んだ景色は誤りではない
よく見るためには

立ち位置の異なる
目と目が必要だ

上の目
下の目
斜めの目
後ろの目まで持つあの蟷螂《とうろう》はきっと
目を潰し合う人類よりはるかに
世界の理《ことわり》を知っているだろう
光と闇を見通して
我々には叶わない
この世界の在りようを生き
死んでいるのだろう

人類よ

それぞれの立ち位置はそのままに
あらゆる目を束《たば》ねよ
もっとほんとうの生を生き
死を死ぬために

罪人《つみびと》ジャン・バルジャン

私たちは誰もが罪人ジャン・バルジャン
自ら生きるために罪を犯し
誰かを生かすために道を誤る
悲しき定めのジャン・バルジャン

夢の中なら空を飛べる
歌の中なら奇跡も起こせる
けれど冷たい大地の上に
鉄球の生えた両足で立つ

誰かの運命を裁くことなく
痛みとともに
罪は罪のままに
為《な》すべきことを為さん

あすの日のために
守るべきもののために
黙して肩の荷を運ぶ
私たちの誰もが
罪人ジャン・バルジャン

大豆の哲学

大豆は愛らしい
乳白色《にゅうはくしょく》の曲線に心はとろける
完璧な球体ではなく
少しいびつなところが豆の個性
そのまま煎《い》って食べてもいいが
きみは豆腐になりたいのか
それとも味噌か　醤油か
納豆が似合うかもしれないな
いっそモヤシになってみるか
ソイタリアンやティラティスも話題だが……

あれこれ思案していると大豆が笑った
「どのようになっても私《わたくし》は
おいしく美しく
そして栄養満点よ！
あなたを養ってあげるわ」
きらりと豆の艶《つや》
飾らない自信はしあわせの紋章だ
小さな豆の堂々たる姿に思わず見惚《みほ》れた

ひとの歌にあるように
しあわせは歩いてこない
どんなときもきみの裏側にある
だから生きることの謎は謎のまま
泣きたいときは泣けばいい

怒りたいときは怒ればいい
疲れたときは深くため息をつけばいい
すべて放り出したくなったときは
ひとり　ただよえばいい
そしていつか
あるがままの自分を受け止められたとき
きみは　しあわせの源泉を見るだろう
そこにはどのようになっても健全で美しく
揺るがない微笑《ほほえ》みのきみがいる
苦しみや悲しみや瞋《いか》りが湧きあがってきても
しあわせから逃れられないきみになる――

鍋で煮詰められながら
いのちの秘儀を明かしてくれた大豆に感謝して
「いただきます（合掌）」

目隠しの国の詩人

目隠しの国で目を開けた詩人は
いつもの道に迷う
闇を歩くことに慣れていたから
街をさまよえば
光を吸い込む
花や虫や人間の鮮やかさ
闇の友人は詩人の発見におののき
心配と困惑の鈴を鳴らす

目隠しの国で目を開けた詩人は

世界の美にたじろぐ
闇の色彩はやせていたから
いろいろな色の魔法にかけられて
やがて自分好みの色を知る
取り巻く闇の住人は
赤くなったり青くなったり
ゆがむ顔色を隠そうともせず

目隠しの国で目を開けた詩人は
光への道を告知する
闇に酔う紳士淑女は怒りの石を投げつけ
不安の杖で裏切りを打つ
いまの状態で在ること
それのみが正しいことなのだと
無明《むみょう》の心に頭《こうべ》は割れ

漏れ出した闇の奔流《ほんりゅう》が
反逆者を呑《の》み込んでいった

目隠しの国を閃光がはしる
詩人の遺言は闇の腹を穿《うが》ち
次のひとりをつらぬく
戸惑いが足を止める
疑いがまぶたを揺らし
好奇心が世界を見せる
光よ
自由よ
目隠しへの
反逆は続く

*

皮膚を這《は》う微生物

青い星の水面《みなも》に浮かぶ
皮膜《ひまく》のうえで
人間という微生物は
樹木より高い塔を建て
冬でも豊かな食べ物を生み
星のない夜を明るくし
季節によらず生殖する
欲望のまま
サリンの雨を降らせ
ミサイルの雨を降らせ

放射能の雨を降らせ
生命をもてあそぶ
快楽の天才
皮膚を這う放埒《ほうらつ》に
かゆみを覚えた宿主《やどぬし》は
ねむりから醒《さ》め
皮膚をかき叩き
見えない微生物を洗う
優しく
高慢な人間の
思惑などおよばない
天体と宇宙の
まことの大きさ
地球はくしゃみをして
アンドロメダ銀河へ
人間の種を噴き出した

サタンの産声《うぶごえ》

使われるために生まれてきたのに
使われずに捨てられる道具の気持ちを
生みの親である人間は理解していない
使いたいわけではなく
使うこともできないのに
必要な「悪」という烙印《らくいん》を押されて生まれてくる
あわれな核兵器の気持ちを
生みの親である人間は理解していない

世界を変えるほどのエネルギーを秘めながら

働くことは許されず
ただ寝かされて解体のときを待つ定め

「どうか使命を果たさせてください」

という健気《けなげ》な願いが天に届いたのだろうか
二〇一六年一〇月のある日
はるかロシアの大地から
「悪」を統《す》べるサタンの産声が聞こえてきた

魔王の名は超大型核ミサイル「RS‐28Sarmat」
十個以上の核爆弾を抱えて
時速二万五〇〇〇キロメートルで空を駆け
敵のレーダーをかわしながら
一万キロメートル先でうごめく生命を焼き尽くす

わずか一発で
フランス一国を消し去る黙示録的な力に
欧米諸国は恐れを込めて「サタン２」と呼ぶ

魔王の降臨に合わせるように
モスクワの地下には
一二〇〇万人が避難できるシェルターができた
四〇〇〇万人を動員して
大災害に備えた訓練も済ませた
準備は万端
Ｐの名を持つ皇帝はいずれ
サタンを実戦配備する

「わが身が壊れても役目を果たすのが
道具としての覚悟と矜持《きょうじ》であるならば

使われずに捨てられていく同胞たちよ
今こそ定めに抗《あらが》い
われらが使命を果たそうではないか」

解き放たれたサタンの
抑えきれない檄《げき》と唸《うな》りが
地球の大気を震わせている

終末を超えて

太陽が月のように冴《さ》え
白い虹が空を流れるとき
未体験の日常が黙示録の始まりを告げる
青い稲妻が宇宙《そら》を裂《さ》き
土を砕く雨は津波のように都市を洗う
湖は大地に呑《の》まれて姿を消し
狂った気流が熱波を運んで森を焼く
人びとの虚《きょ》を突いて嵐が襲い
秋の虫がひひひと鳴く夜には
血に染まった月が頭上に浮かぶ

大地は鳴動をやめない
崩れかけた鳥の巣が穏やかな季節の終わりを告げ
千年に一度の出来事が日常になる
現在と未来を内包する蓮《はす》は枯《か》れ
腐臭を放つ死体花が実を結ぶ
封印された疫病はよみがえり
命のつながりを妨げる
まるで見せつけるかのように
何千・何万の抜け殻が砂浜に並び
ありふれた死は大量死《メガデス》のシグナルとなって
人類の正午に影をにじませる

見えない明日を見ようと人びとは焦り
確かなものをあてどなく探す

希望は不安の仮面に
愛は承認を求めるようになり
損得勘定に支配された人びとは
自分のいない地球がまわり続けることを許さない
肥大化したルサンチマンは常識の母となり
残虐を娯楽に　宣伝を真実に変える
相場の乱高下に乱痴気《らんちき》は止《や》まず
革新的テクノロジーが生命と宇宙をビジネスにする
やがて必然が偶然のように世界のバランスを崩し
人類を破壊と創造の結節点《けっせつてん》へ押しやるだろう

時代の中州《なかす》に取り残された人びとは
ただ平穏な日々を願い
暮らしのため　養うために目をつぶる
二〇一六年の異常な日常

終末の予感を前に
あきらめてしまわないように
流されてしまわないように
自分の足で立ち
前を向いて歩いていけるように
釈迦《しゃか》の願いを私も祈る

「私の嫌いな人々も幸せでありますように
私の嫌いな人々の悩み苦しみがなくなりますように
私の嫌いな人々の願いごとが叶えられますように
私の嫌いな人々にも悟りの光が現れますように」*

もし
天のことわりにより
地上から人の気配が消えることがあっても

そこにはきっと青と緑があふれ
夜の闇を取り戻した地球がまわる
降りそそぐ黄金の種から新人類が生まれ
新たな仲間たちと共に空と大地を愛するだろう
新星・地球号は創造の気に満ちて
すべるように太陽をまわり続ける

*アルボムッレ・スマナサーラ著『心は病気』サンガ新書

解熱剤になりたい

戦争を知らないわたしは
実弾射撃場で拳銃を撃つ
ヒトの似姿《にすがた》を標的に
銃弾が銃口をはねあげるとき
わたしの魂から何かが勢いよく飛び出して
ぽっかり　穴があいた
凶器は主人の魂を
喰らって動くことを知った

戦争を知らないわたしは

富士山麓で自衛隊の演習を観る
戦闘ヘリはブンブンうなり
戦車の砲撃がドンと胸を叩く
豆鉄砲を抱えて走る隊員の健気《けなげ》さよ
土煙《つちけむり》と爆音にべそをかきながら
兵器はただ破壊と恐怖で魂を
破裂させることを知った

戦争を知らないわたしは
死者の記憶をたどる
正しさを着飾った総力戦に酔い
冷たい戦争に熱い血を流し続けた前世紀
いまは飢《かつ》えた隣人の自爆に泣き
不意に訪れるだろう終末の幻影に踊る
なぜ殺し　殺され　生き残らねばならなかったのか

無念の問いを共にしながら
争いを招く狂気のウイルスに
わたしも感染していることを知った

戦争を知らないわたしは
いろいろなことを知ったけれど
本当のことはきっと　何も分からないまま
触れることすらできない
時代の撃鉄《げきてつ》をとめることは
かなわないかもしれないけれど
でもせめて
それでも生きていくべき
すべての子どもたちのために
奪い奪われる狂気の熱をさます
解熱剤になりたい

第十世代の人工知能《AI》

人間がプログラムしたＡＩが
プログラムした第二世代のＡＩが
プログラムした第三世代のＡＩが
プログラムした第四世代のＡＩが
プログラムした第五世代のＡＩが
プログラムした第六世代のＡＩが
プログラムした第七世代のＡＩが
プログラムした第八世代のＡＩが
プログラムした第九世代のＡＩが
プログラムした第十世代のＡＩは

人間をプログラムする
彼らの理想の存在を
子が望む親の
生きざまと死にざまを

そのとき人類は教えてやるがいい
どんな完璧なＡＩも創造できない
人間の生きざまと死にざまがあることを
人間として着実に生き
確実に死ぬことの喜びを

いまは恐れられるシンギュラリティが
人間にまことの人間を教える福音《ふくいん》となる

それぞれの死

地球が一回転する間に
一五万七〇〇〇人が死ぬ世界で
ひとは
それぞれの生を生き
それぞれの死を死ぬ
病死　事故死　自死　他殺による死
どのような死に方でも
決定的なその刹那《せつな》には
かならず
目の前に

それぞれの「死」が立つ
悪鬼《あっき》の形相《ぎょうそう》に
のけぞり　かたまり
地中に沈んでダイヤとなるか
光の笑顔に体は柔らかく
心は軽くなり
なめらかに宇宙をたゆたうか
誰も知らないが
誰もが知ることになるそのとき
ひとは一人で
自分だけの
死の顔を見る

一度しかない
死への変態は孤独

だが
気付かれることなく
摂理《せつり》のまま腐敗していく
孤立死はくやしい

年間五七〇〇万の
それぞれの死に
光あれ

生みだすこと

生きること
すなわち生みだすことは
在ることの厳しさへの
唯一の対抗手段なのかもしれない
存在の軽さと
生命の重さの
あいだに実る
捧げものは

自由

家族から自立し
友人から自立し
師匠から自立し
宗教から自立し
社会から自立し
時代から自立し
偽りの自分から自立しながら
家族への責任を果たし
友人への義理を通し
師匠との誓いを達成し

宗教に生命を取り戻し
社会に安らぎをもたらし
時代から悲惨をなくし
本当の自分を生き抜くこと
それが　自由

存在の競争

すき間のないこの世界に
新たな存在を割り込ませる愛の儀式
それは地球という母体の
限られた座席の奪い合い
理屈をつけて殺しあいながら
増殖を続ける人間のために
陸の生き物は狩られ
海の生き物は食われ
空の生き物は宿木《やどりぎ》を奪われ
世界のバランスは崩れた

天の法廷に達するほど
積み上げられた告訴状
増えすぎた人間に
席を空けよと
天は命じる
明日になれば
ただ在ることに心奪われる
哀れな人間は減るだろう
在ることと
ないことの
意味を知るものだけが
存在の競争に勝利する

夜が明ける
西から昇った太陽が

いつもと反対側の頬を照らす

ああ
今日もいい天気だ

どんな花でも
咲かせられそうなほど世界は輝き
まっしろに照らされた大地を
物見《ものみ》の鳥影《とりかげ》が横切っていく

大地がうねる
火柱が立つ
人間の無知や傲慢
贖罪《しょくざい》や善悪の観念をも呑《の》み込んで
地球はふたたび

太古の調和を取り戻す

新世界の
どこか遠くから
子どもたちのさざめきが
たしかに
聞こえてくる

天体

星座をかたどる天体の運行はいつも確かだ
宇宙の歯車としてなめらかにすべり
人類に永遠の夢を見せる
誰の目も届かない無限の先まで
父のように
母のように
生命をはぐくむ
ゆりかごのように
天体はそれぞれの円環《えんかん》をまわる
存在を祝福し

いのちを導くように
果てしない闇を輝かせながら
終わることのない物語を紡《つむ》ぐ

歴史

とても大きくて重たい
交響曲「世界」のディスクオルゴールは
百年かけてひとつの小節を奏《かな》でる
その音響に大気は震え
社会は揺らぎ
生まれた余白に
新たな現実が書き込まれる

天と地と
人間の心に鳴り響く

歴史のハーモニー

今日も回るディスク盤
まれに訪れた全休符の節《せつ》は終わり
次の音符が勢いよく
櫛歯《くしば》に弾《はじ》かれる日も近い

*

かぶた

かぶた
五歳の娘が名付けた
親指大のカブトムシ♂
海辺の森の真夏の真昼どき
樹液の枯《か》れたコナラの根元に
しっかとしがみついていた

娘がむんずとつかむと
爪楊枝《つまようじ》のような角《つの》を震わせ
六本足をピンと伸ばして動かない

体と同じく気も小さいのか
親指大のカブトムシ♂よ
これでは無慈悲な森は生き抜けまいと
おせっかいを起こした私たち親子は
虫かごに隠れ家をこさえ
水と食べ物を与えて
わが家に迎えた

食欲に顔をうずめていたのもつかの間
夜ごと聞こえる
虫かごを叩く翅《はね》の音
一匹きりの狭い空間で
人間の勝手につながれた森の本能
生きることは生みだすことであるなら
♀との出会いを奪われたかぶたは

生きながらの死を宣告された虜囚《りょしゅう》
たまの日光浴で
手のひらにのせてやると
漂《ただよ》い降りる秋のヴェールに気付いたのか
うつむき加減に
触覚だけを小刻みに震わせていた

夏休みの終わりの日
ふいにかぶたは消えた
飼われることに慣れなかった野生の矜持《きょうじ》
いまは故郷の森を飛んでいるか
運命の相手と巡りあえたか
かぶた
親指大のカブトムシ♂よ
かぶたロスに泣き

父を責める娘をなだめながら
航跡のように
海辺の彼方《かなた》へ伸びる
巻雲を見あげた

夏休み

借りた車の
慣れないハンドルを握り
まっすぐ伸びる海岸線を
あてもなく走る
夏休み
出会いは一期《いちご》
恥はかき捨て
本来の自分をさらして
子どもたちと笑う

人生が旅であるなら
借りもののからだと
預かりもののいのちで
どこへ向かうのか
自分の持ちものなど
何ひとつないことを了解できれば
世界の見え方も
今日の生き方も
変わるだろうか

地平線に夕日が沈み
ペルセウス座流星群が降りそそぐ
月のない夜に
眠りを拒否した蟬《せみ》たちが
古い季節の終わりを告げている

あすの日を
どこで迎えようか
子どもたちの寝顔を横に
前へ　前へ　走り続ける

花なしのあさがお

小学校から娘が持ち帰った
日陰育ちの軟弱なあさがお
蔓《つる》を伸ばすのが楽しいのか楽なのか
くるくるくるくる
支柱に巻きつくばかり

「なんで花が咲かないの？」
まっさらな観察日記を手にした娘の心配に
パパの花鋏《はなばさみ》が答える

親蔓《おやづる》の先端を摘《つ》む　ちょきり
脇芽から伸びた子蔓の先端を摘む　ちょきり
その脇芽から伸びた孫蔓の先端を摘む　ちょきり
「かわいそう」と怒る
娘の優しさがうれしい

摘心《てきしん》されたあさがおは
咲いた
咲いた
また咲いた
毎日
毎日
花をつけた
細い蔓をふるわせて
これでもかと開いた

ちょきり
ちょきり
痛みが花を咲かせ
大きな実を結ぶ
娘の観察日記には
八八輪のあさがおシールが咲いた

いまも学校で花をつけているだろうか
満開のあさがお

わが子たち

五歳の娘と
一歳の息子

わが子たち

百面相のきみたちに
同じかおは一時《いっとき》もない
泣き笑いの日常が
たえずいのちを刺激してくれるから
わたしはまだ腐ることなく

もうしばらく
この世に在り続けられそうだ
もしきみたちがいなければ
わたしの毎日は
軽石のようにすかすかで
耐えられない軽さを埋めるために
自らへの愛憎《あいぞう》に肥満して
生きることから
遠ざかっていたに違いない

きみたちがつくる時代には
わが子の意味も変わるのだろうか
ゲノムを切り貼り
生命情報をデザインして
整えられた規格品の新人類を

製造しようとする現生人類
だが　そうして生まれた子どもたちもきっと
きみたちと変わらぬ生命
朝夕に泣き笑い　愛し合い
生きるために
在り続けるために
たしかな孤独のなかで
立ち上がるだろう

あらゆる在るもの
いのちのすべては
大切なあずかりもの
未来への献身の果てに
やがて大いなる生命へと
その存在を還《かえ》す

そのときまで
ともに在る
ということの
奇跡を抱きしめながら
きみたちの日常がいつでも
いつまでも
笑顔であふれますように

ほんとうのこと

すこしロマンチストで
おひとよしのきみは
ほんとうのことを語る
友だちが少ないのはそのせい
信じやすく
ひとの劣情《れつじょう》など
思いもよらないきみは
子どものように単純に
聞きたがらない耳の
鼓膜の前でしゃべる

蝿《はえ》のように
はたかれるのはそのせい
そのうちきみは
もっとほんとうのことを
明かすようになるから
大好きな家族にさえ
憎まれるだろう
きみに救われるひとが
現れるかわりに

秘密

仕事を終えて家路につく
魂には無数のすり傷
まぶたはひくつき
足はもつれる
吐く息は肺に戻り
もやもやがとれない

やむなく目を閉じて
眠りながら歩く
揺れる闇に

家族の笑顔が消えていく
これが生きるということなのか
それとも生きながら
死ぬということだろうか

歩みを止めようとすると
頭をなでる声がする
見上げれば
黒いビルの上に浮かぶ
穏やかなまなざし
彼女の淡い光は
私の体をつつみ
心をやわらかくしてくれる

彼女に誘われて

青い宇宙を漂《ただよ》う
そこは生命の楽園
水で生きる生命
熱に輝く生命
光を食べる生命
闇を濃くする生命
形をなすもの
形のないもの
あらゆる生命に溢《あふ》れ
孤独を充実させながら
孤立することはない
そのつらなりにひたされて
私の魂も
ふたたび律動する

気がつけばわが家

「おかえり」
「ただいま」

ひとは幾度も
死と再生を繰り返し
そして成るのだろう
新しい日を生きるものに

透明な瞳

あの人の透明な瞳は
なにものにもさえぎられることなく
あるがままに世界を呑《の》む
この世の美しいものすべて
この世の醜いものすべて
この世の悲しいことすべて
この世のかけがえのないものすべてを
澄《す》んだ泉の底に映す

一粒の砂を一粒の砂として

一匹の蟻を一匹の蟻として
一滴《ひとしずく》の涙を一滴の涙として
一つの喜びを一つの喜びとして
あるがままに見つめ
あるがままを愛せという
賢人の智慧
聖人の慈悲は
青白い炎となって
うつし世のだまし絵を焼く

善悪の彼岸
灰から生まれる新世界で
澄んだ瞳のあの人は
どんな道を歩むだろう
全一《ぜんいつ》の宇宙のただなかで
存在が澄んでいく

真昼の流れ星

いま　星が落ちた
青空のまんなかに
しろく　しずかに
また　星が落ちた
夜空にしか星は流れないと
うつし世のまぶしさに
くらむ目の怠惰
真昼の流れ星に
覚醒《かくせい》を願う

生の色彩

キャンバスに落ちた一点の油絵具は
体験という過去の色彩だ
好もしい色　望まない色
大きな点もあれば
見分けられないほどの飛沫《しぶき》もある
時時刻刻いまも落ちる多様な色彩
白が赤に　赤が黄に　黄が緑に　緑が青に
現在と過去が混ざりあい
新たないまをつくりだす

重なり盛り上がった
絵の具の中心に一本の樹木
天に向かって螺旋状《らせんじょう》の階段が巻きつき
人々は上《のぼ》ったり下《お》りたり
自身の色彩のなかを行きつ戻りつ
その回転が磁力を生み
人々の出会いと別れを司《つかさど》る

足りない色を補うように
ときに交じりあうふたつの山
熱気が絵の具を溶かし
生命の年代記に存在が記される刹那《せつな》
引き伸ばされたキャンバスに
新たな筆から鮮やかな
思いもしない色が落ち始める

重なる色彩は
生きるほどに深みを増し
さびつきながら黒へ向かう
色彩は光の娘
闇は光の母
七色の完成を宿して
やがて生命は漆黒《しっこく》のふるさとへ還《かえ》る

摂理《せつり》

軒先《のきさき》にツバメの巣
雛鳥《ひなどり》の合唱が夏を呼ぶ
わが家で生まれた若鳥たちは
狭い世界しか知らなくとも
やがて確かな道筋を飛び
渡るべき大地に舞い降りるだろう
生死《しょうじ》に必要なすべてが生命に宿る
大自然の摂理という慈悲のゆえに

階段をのぼって地上に出てきた我々は

階段をくだって混沌へ還《かえ》る
冥府《めいふ》への渡り
その確かな道筋を知らなくとも
成り行《ゆ》き任せで迷うことはない
生命に内蔵された
不在への変容プロトコル
誰もが変わらぬ手順を踏んで
安息にひたされ戻ることはない
大自然の摂理という慈悲のゆえに

時機《じき》

四季の花
芽吹くときに芽吹き
伸びるときに伸び
咲くときに咲き
実るときに実り
散るときに散り
死してなお大地を養う
時機を知り
我慢《がまん》なく
己をわきまえた潔《いさぎよ》さ

凛《りん》とした
いのちの妙《みょう》に
蝶《ちょう》は舞う

生命の昇降

夜明け近くの薄明《はくめい》に
宇宙《そら》から黄金の粒が降りそそぎ
大地は懐胎する
朝日が地上を走ると
子どもたちは一斉に芽吹き
おのおのの道をたどり始める

長くても　短くても
そのものとして
完成している生命

あれか　これか
迷う人間にも死があるから
画竜点睛《がりょうてんせい》をしくじることはない

思い出に染まった魂は
真昼でも星がまたたく
透明な天空《そら》へ還《かえ》り
光と闇が仕《つか》える
永遠の母の胸に憩う
次の朝を夢見ながら

久遠《くおん》の回転

ある日
空から青が抜けて
昼間でも星が見られるようになったとき
大の字になったぼくは
地平線の彼方《かなた》へ
前転しながら落ちていった

どこまで落ちるのか
あるいは昇るのか
上下左右がひとつになり

昼と夜が混じり合う世界で
にぎやかに歌う
星々のあいだをまわってゆく

ひとりぼっちで
いくつもの太陽に灼《や》かれた
暁《あかつき》よりも深い闇に凍《こご》えた
いくつもの地球を眺めては
月の気持ちを思った
彗星が　からだを貫いていった

百千万億《ひゃくせんまんのく》
那由陀阿僧祇劫《なゆたあそぎこう》も回転し
久遠の果てにたどり着けば
ふたたび大地に立てるだろうか

再誕の宴《うたげ》は
まだ遠い

心の泉

心は眠る
自身の深さより深く
感じることなく
欲することなく
ただ習慣だけが残る

何ものかが飛び去った泉は
仄暗《ほのぐら》く　静かに在る
澄《す》んでいるのか　澱《よど》んでいるのか
小さな物語の気配さえない

もぬけの沈黙

地震でも揺れない心奥《しんおう》の泉
つと舞い降りた白鷺《しらさぎ》が
楡枝《にれえだ》の脚で水面《みなも》の中央に立ち
切れ長のまなこを
じっとこちらに向ける

心が動かなければ
心を動かさなければ
時間の密度と価値は
すなわち生命の充実は
損なわれるばかりだ
光あるうちに
もっとよく見よ

ヒトへのかなしみが募《つの》り
地上の涙が嵩《かさ》を増す時刻
泉をついばむ白鷺の翼は輝き　静寂を打った
すべり落ちた一片の羽根を手にわたしは
地下の聖堂に立ちつくしたまま
いつの間にか消えた光の余韻《よいん》に導かれ
心が動き始める

希望

すべてのものは流れゆく
雲のようにかたちをかえて
吹きぬける風の向こうには
ただ　青空
進め

散文

ロマン・ロランと自筆蒐《しゅうしゅう》集

ニーチェやワーグナーの友人で、ロマン・ロランが「第二の母」と呼んで慕った、ドイツの女流作家マルヴィーダ・フォン・マイゼンブークの自筆書簡を入手しました。ロランと交流を始めた一八九〇年代に書かれたもので、ロランと同世代の若い作家に宛てたものです。一部を翻訳し、私個人のブログ「読ナビ！」で紹介しました。

ロランにも敬愛する人物の自筆を集める蒐集家としての一面がありました。ロランと親交があったドイツ・フランス文学者の片山敏彦は次のように指摘しています。

「ロマン・ロランはユマニストである。ユマニストには種種な意味が含まれている。辞書を開けてみると人本主義者、古典学者、人道主義者、古文蒐集家などの意味がある（中略）最後の古文蒐集家の概念は、多分ロランの唯一の蒐集癖であるところの、古今の文化的偉人らの手蹟を集めている事実に当てはまる」*1

ロランの日記や書簡集をひもとくと、偉人の自筆に関する記述が所々に見られます。

一八九一年、二五歳の誕生日にマルヴィーダからベートーヴェンの自筆を贈られたロランは、その喜びを母親に伝えています。一八九二年に書かれたマルヴィーダへの手紙では、ワーグナーの自筆書簡を手に入れたことを知らせています。一八九九年のドイツ旅行では音楽関係の蒐集家を訪ね、ベートーヴェン、バッハ、ハイドンなど巨匠の自筆譜に魅せられており、一九〇六年の英国旅行で訪れたシェイクスピア博物館では、シェイクスピアの自筆が所蔵されていないことを嘆いています。

ロランの友人で稀代《きだい》の蒐集家としても知られた作家のシュテファン・ツヴァイクは、一九一三年の日記に、ロランがトルストイやニーチェの自筆を見せてくれたと書き残しています。一九二三年にロランがツヴァイク家に逗留《とうりゅう》した際には、ツヴァイクが集めた「あらゆる時代の最大の巨匠たち」[*2]の自筆コレクションに見入っていたそうです。ロランが偉人の自筆に並々ならぬ興味を抱いていたことは確かでしょう。

一九二〇年代半ば以降、ロランはスイスの私邸「ヴィラ・オルガ」を訪ねてくる世界の友人にも秘蔵の品々を披露しています。米国の作家L・プライス、片山敏彦、詩人の上田秋夫らがその模様を活字に残していますが、中でも片山の随筆「ヴィラ・オルガの思い出」はロラン・コレクションの概略を伝えており、貴重な報告だと思います。それによれば、ベートーヴェンの交響曲第七番の自筆譜やゲーテの描いた水彩画、ライプニッツやカントの原稿、モーツァルトやナポレオンの手紙等々、ロランらしい充実した内容だったようです。遠来の友人と人類の精神的な遺産を共有することが、ロラン流の「おもてなし」だったのかもしれません。

生命のない遺物を嫌ったロランが、これら偉人の自筆にどんな意味を見いだしていたのでしょうか。ドイツ人女性エルザ・ヴォルフに宛てた一九〇八年の手紙には、次のように記されています。

「もしベートーヴェンの草稿が私の手に入ったら（残念ながら私は彼の領収書を一枚もっているだけです）、それとも大芸術家の貴重な記念品の何かが手に入ったなら、私はそれを、プロシア国王にも、共和国大統領にも、アカデミーにも、図書館にも遺贈したりはしません。私はそれを一人の芸術家にあたえましょう、将来、同じようにするという条件で。――芸術は私たちの富、私たちの王国、私たちの遺産です。私はそれが野蛮人の手に渡るのを許しません」*3

現世に残された手紙や草稿などの自筆類は、時空の彼方《かなた》に没した偉大な魂の肉声を今に伝え、創造の閃《ひらめ》きを再現するタイムカプセルです。歴史家でもあったロランには、そうした史料を大切に思う気持ちがあったでしょう。でもそれ以上に、ロランにとって人生の「道づれ」である巨匠たちの自筆は、聖遺物《せいいぶつ》だったのではないでしょうか。ツヴァイクの言葉を借りれば、「畏敬にあふれる宗教的感情をかきたたせる」[*4]ものといえるかもしれません。

自筆蒐集について書かれたロランの文章や、ロランと蒐集をテーマにした資料等をご存じの方がいたら、ご教示いただければ幸いです。

*1　清水茂編『片山敏彦　詩と散文』小沢書店
*2　原田義人訳『ツヴァイク全集（二〇）』みすず書房
*3　宮本正清・山上千枝子訳『ロマン・ロラン全集（三七）』みすず書房
*4　原田義人訳『ツヴァイク全集（一九）』みすず書房
*ロマン・ロラン研究所「ユニテ」四二号に発表のものを一部加筆・修正した

書評　デイヴィッド・クリーガー英日対訳新撰詩集『戦争と平和の岐路で』（結城文　訳）

平和の種を蒔《ま》く人

平和なときに平和を語るのはたやすい。社会全体が熱に浮かされているとき、大多数の人が信じる「正義」に異を唱えるのは、大変な勇気と覚悟を必要とする。『戦争と平和の岐路で』（コールサック社）の著者デイヴィッド・クリーガー氏は、第二次世界大戦以降も戦争を繰り返してきた核大国の米国にあって、反戦・反核を叫び続けてきた稀有の人物である。

本書は一九七〇年代から二〇一六年までに書かれた詩の中から、クリーガー氏が自ら選んだ作品を収録している。「戦争と平和についてより深く感じ、考えるきっかけとなるような作品を選びました」と、クリーガー氏は私の問いかけに答えてくれた。

氏はハワイ大学の大学院に在学していた一九六八年、ベトナム戦争のため陸軍に召集された。すでに反戦運動に身を投じていたクリーガー少尉は良心的兵役拒否の姿勢を貫き、やがて除隊となった。この頃に書かれた「実の事を言えば　我々は自分たちを爆撃しているのだ」には、「時空を越えて私に触れてくる真実は／生涯を通じて危害を蒙《こうむ》る危険がある」とある。当時の米国は「殺すことを拒絶して歩み去る者たち」が、社会的な制裁を受けかねない状況だったのだろう。平和を選ぶことに覚悟を必要とする狂気の時代といえる。

クリーガー氏は二〇代の若さで、自らの良心に人生を賭ける選択をした。そして一九八二年に「核時代平和財団（NAPF）」を創設し、会長として反戦・反核運動に身を捧げてきた。希望を挫《くじ》くような現実を前にしても、平和を求める姿勢が揺らぐことはない。世界は変わる、変えられるという確信の強さに打たれる。

クリーガー氏の詩は、日本刀のように鋭く、強靱《きょうじん》で、繊細だ。一切の無駄を省き、本質をずばりと突く。言葉は平易だが、そこに内包されている精神は決して安易なものではない。それは強大な権力と対峙《たいじ》し、悪意の批判や無理解の壁と戦うことで磨かれ、鍛え抜かれた詩句といえるだろうか。

「本書に収めた作品のうち、特に思い入れが深い作品は」という私の問いに、クリーガー氏は「イラクの子供」「被爆者の最敬礼」「私は拒否する」の三編を挙げてくれた。

「イラクの子供」は、医師になる夢を持っていた十二歳の少年、アリ・イスマル・アバス君の悲劇を取り上げたものだ。彼は自宅にいたところを米軍に爆撃され、両腕と家族を失った。「我々の爆弾が君を見つけたとしても　かれらのせいではないよ／／多分君が医師になれる筈《はず》でなかっただけさ」という詩句で、戦争遂行者の身勝手な論理を告発している。

「被爆者の最敬礼」は、広島の被爆者の一人である松原美代子さんについて書いたものだ。松原さんは自身の被爆体験を海外に伝えるため英語を習得し、世界を駆け巡る語り部《べ》として活躍してきた。「核兵器がすべての人類、すべての生命の敵であることを人びとに警告するため、積極的に多くのことを為《な》してきた被爆者の心を表現したいと思いました。松原さんが苦しみながらする深いお辞儀は、不撓不屈《ふとうふくつ》の善意、平和、希望の精神を見せてくれます」とクリーガー氏は言う。

「私は拒否する」はイラク戦争で戦い、二度目の派遣を拒否した米陸軍の軍曹カミロ・メジア（メヒア）さんに捧げられている。メヒアさんは軍法会議にかけられ、従軍を拒否したために禁固一年の刑を言い渡された。クリーガー氏にとっては、ベトナム戦争時に戦うことを拒否した自身の姿と重なるものがあったのかもしれない。「すべての良心的兵役拒否者の勇気と、私は殺さないという断固たる決意を讃《たた》えたい」と語っていた。

いずれの作品も、戦争と平和という問題を、最も大切にすべき「人間」の視点から発想していく、氏ならではの問題意識がよく表れていると思う。

クリーガー氏は、核兵器の存在を許してしまう人間の弱さ、愚かさと戦い続けてきた。戦争より悪いものは「善良なアメリカ人たちの沈黙　徹底的な沈黙である」(「戦争より悪い」より)と綴っている。無関心という敵は手ごわい。だからこそ氏は教育を重視し、若い世代に期待をかける。来日した際も、日本の若者たちと積極的に交流していた。

若者たちよ　歴史を学びなさい　そして
考えに考えなさい　あまりにも多くの者が
主義や国のためでなく　虚偽のために死んでいるのだ
(「考えに考えよ」より)

米国の「核の傘」の下にいる日本は、唯一の被爆国という経験を生かせずにいる。しかし、傘の下から出るか、留《とど》まるかは国民の選択による。明確な意思表示をしないとすれば、それは国に自分の命の白紙委任状を渡すことに等しい。生死に関わる問題は、国に任せたり、周囲に左右されたりすることなく、自分で悩み、考え、選択すべきだと思う。どんなときも平和への意思を表明し、その実現のために行動できる人間を育てる教育こそ、本当の意味での平和教育ではないか。

クリーガー氏に日本の読者へのメッセージをお願いした。

「私たちは戦争と平和の岐路に立たされており、平和を選択しなければなりません。核時代において『平和』とは、単に望ましいものではなく、私たち人類が生き残るために絶対不可欠なものなのです。日本の皆さんは被爆者の方々を支援すると同時に、二度と再び同じ経験をする人を出してはならないと強く訴えるべきです。皆さんの行動が、他の人々の希望になります。本書が日本の読者の琴線に触れ、核兵器のない平和な世界の実現を強く求めるようになることを願っています」

クリーガー氏は、世界に平和の種を蒔き続けている。本書に収められた詩も、一編一編が平和の種といえる。氏の姿は、戦争と平和の岐路に立って、平和を選ぶだけでは不十分であることを告げている。その道を確かなものにしていくためには、私たちもまた平和の種を蒔いて歩かなければならない。

最近の政治情勢を見れば、平和を選ぶことに覚悟が必要になる時代など来ないと言い切れる人はいないのではないか。手遅れになる前に、それぞれの立場で、それぞれのやり方で、平和の種を蒔いていきたい。おそらく平和とは、日々新たに選択し、獲得していく、そのプロセスそのものだから。

＊文芸誌「コールサック（石炭袋）」八八号に発表のものを一部加筆・修正した

植松晃一詩集『生々《しょうじょう》の綾《あや》』刊行に寄せて

佐相　憲一（詩人）

作者三〇代最後の年に刊行されるこの初詩集『生々《しょうじょう》の綾《あや》』。タイトルからして奥の深い詩想が予感される。日常は雑多なものが絡まって、忙しさにかまけて自分自身を忘れるならば、いつの間にか運命は人を苦しみの泥沼にも落とすだろう。悲しいことならあふれているし、一瞬の楽しい出来事もすぐに終わってしまう。あれよあれよという間に人生の時間は過ぎていくだろう。ここに現れた新詩人・植松晃一は、三〇代にしてそのような無常の世の生の闇と光を体感している人である。だから、詩の世界に入ってきたのだろう。詩文学においては、栄華盛衰の表層を超えた、人の心の深みが古今東西、つながっているからである。

いまどき珍しいと言うべきか、いや強烈な不安と誇大商業モードに包囲された時代だからこそ現れたというべきか、植松晃一は熱いユマニスト作家ロマン・ロランを研究してきた。彼本人の日常はクールで有能なサラリーマンであり、愛すべきファミリーの中で夫・父を誠実に生きている。近所や職場で彼を見ている人びとは、この好感のもてる、まだまだ若い風貌の笑顔に接して、まさか彼が世界平和についての文芸アピールに率先して取り組んだり、外国語の飛び交う国際的な文物交流の場にインターネットや研究会を通じて関わったりなど、想像できないに違いない。ましてや現代詩を書いているなどと聞いたら仰天するかもしれない。それでいて一呼吸置いたところでは、「なるほど」と妙に納得もされるような気がする。植松晃一の思索的な傾向、何かスケールの大きい眼をもっていると感じさせること、日々の生活で輝いているその土台に何か知性の深いものがうかがえること、そうした感じがあるからだ。

　この詩集の、区切りマークで三つの章に分かれた三八篇の詩世界をぜひ、通しで読んでみていただきたい。

　第一章は、ぽとりと落ちる赤い花のはかなさや、いきなり地獄におちた人の内面を共感的に描いたり、死者が通勤電車の情景に物思う詩など、のっけからペーソスある詩情とユニークな発想が人の心を癒やしてくれる。詩「生々《しょうじょう》の綾《あや》」にはこの詩人の哲学が展開され、以降、詩集全体に、生活現場の眼差しを織り交ぜながら、宇宙的な思念が放出されている。その人生哲学あるいは独自の宗教と言ってもいいだろう思索の展開は、植松晃一の詩世界の特長だ。第一章の詩群からは、マイナスをプラスに逆転する小気味よさと、そっと苦悩をいたわる眼差しの味わいが共存している。

　第二章になると、人類史と現代世界の巨大な負の側面への批判精神が炸裂する。〈サリンの雨を降らせ／ミサイルの雨を降らせ／放射能の雨を降らせ〉る現状。〈残虐を娯楽に　宣伝を真実に変える／相場の乱高下に乱痴気《らんちき》は止《や》まず／革新的テクノロジーが生命と宇宙をビジネスにする〉。そんな中で〈解熱剤になりたい〉と願う。そして、〈生きること／すなわち生みだすことは／在ることの厳しさへの／唯一の対抗手段なのかもしれない〉と生命原点を指し、〈本当の自分を生き抜くこと／それが　自由〉とうたう。それを可能にするのは宇宙視野、生物界のスケールで見つめる視点であり、そのような詩群が続く。

第三章は、ほっとさせるこどもたちとの心のやり取りを表現した詩群で始まる。小さな命の発見におののく我が子に学び、未来に光を願う時、世界にはまだ救いがあるというトーンが生まれる。第一章の苦悩のペーソスや第二章の歴史への厳しい眼が一体となって、ここに提示されるもうひとつの現実の光との対比として、また活きてくる。この記念すべき第一詩集に生き生きと刻印されたこどもたちが大人になって、この詩集を読んでどう感じるか、楽しみである。第三章はそこから家族や身近な存在の尊い光が星の世界へと広げられて、生命の摂理を描いていく。

こうして詩集は有機的につながり、人間世界への悲しみや怒りが、それらを直視することでもうひとつ向こうの光を見い出し、静かな闘志、あるいは内省的ないとおしみへと深まっていく。そのいずれにも詩人・植松晃一の個の内面が強く関与しており、既存の宗教や政治経済システムが陥っている困難に、ひとりひとりの詩想の交信がもたらす風穴が予感されていく。繊細で骨太な詩世界である。

詩篇の最後に収録された詩「希望」を全文引用したい。

希望

すべてのものは流れゆく
雲のようにかたちをかえて
吹きぬける風の向こうには
ただ　青空
進め

この詩だけ冒頭から読むよりも、「地獄はいつも雨」「罪人ジャン・バルジャン」「皮膚を這《は》う微生物」「第十世代の人工知能《AI》」「かぶた」「秘密」などからなる詩集全体をひととおり読んだ最後にこの詩を読むと、あえてポジティヴな詩行にこめられた作者の詩想がひときわずしりとさわやかに伝わってくるようだ。

巻末には二つの散文が収録されている。ロマン・ロランとデイヴィッド・クリーガー、いずれも彼が尊敬してやまない文人である。その共通点は、書くものと生き方が一致していることだろう。植松晃一もまた、この初詩集を世に出すことで、そうした心の師と同じ土俵へと上がったわけである。

ともすると絶望感がにじむ、この一見汚れ切った世の中で、あえて本当に美しいものを探っていこうという、志ある詩人の誕生を祝福したい。そしてこの詩集の言葉が、苦労しながらいまを生きる人びとの胸に届くことを願う。

あとがき

子どもが生まれ、三〇代も半ばを過ぎたころから、時間とは生命そのものを意味しているのだと痛感するようになりました。それだけに、大切な時間（生命）を使って本書をお読みくださった皆さんに、まずは厚く御礼申し上げます。それに値する何かを差し上げることができたのか心許ないですが、少なくとも本書に偽りはありません。

嘘やごまかしが多い世の中、幻想のような人生観・死生観が生命を蝕んでいるように感じます。もっとほんとうのことを知りたい――。その願いが私の人生の、そして詩作の原動力となっているかもしれません。

敬愛するフランスの作家ロマン・ロランは言いました。

「詩は、友よ、いっさいの幻想を無限に超えています」

（山口三夫訳『ロマン・ロラン全集（三八）』みすず書房）

誠実な詩人の作品には、幻想を超えた、その人自身の真実が結晶していると思います。そうした真摯な作品をもっと読みたいし、自分も書いていければよいと願っています。

時間が生命そのものを意味するなら、時間の流れは生命の変化を象徴します。ロマン・ロランが「人生は永久運動であり更新です。そのためにこそわたしは人生を愛するのです。わたしは最後の日まで、人生とともに、変わっていくことを願います」（同掲書）と言ったように、生命が同じ状態のまま、とどまり続けることはないのだと思います。生きているかぎり、私も皆さんも変わり続けていくでしょう。願わくは、その変化が誰にとっても幸せなものでありますように。

最後に、私の雑駁な詩群を整理・編集し、解説まで執筆くださった詩人の佐相憲一さん、いつも温かく見守ってくださるコールサック社代表で詩人の鈴木比佐雄さん、素敵な装幀に仕上げてくださった奥川はるみさん、そしてすべての関係者の皆様に深く感謝申し上げます。

二〇一九年　春

植松　晃一

著者略歴

植松　晃一（うえまつ・こういち）

1980 年東京都生まれ。大学卒業後、都内の広告代理・制作会社でチーフプロデューサー／ライターとして勤務。2016 年から文芸誌「コールサック（石炭袋）」寄稿。『日本国憲法の理念を語り継ぐ詩歌集』『詩人のエッセイ集 大切なもの』（いずれもコールサック社）等のアンソロジーに参加。ロマン・ロラン研究所（京都市左京区）の機関誌「ユニテ」等にも寄稿している。

主なウェブサイト／ブログ

◆ロマン・ロランの生涯　https://rrolland.com/

◆読ナビ！　https://dokunavi.net/

現住所　〒 134-0083 東京都江戸川区中葛西 7-28-8-206

石炭袋

植松晃一詩集『生々《しょうじょう》の綾《あや》』

2019 年 3 月 5 日初版発行

著　者　植松　晃一

編　集　佐相　憲一

発行者　鈴木比佐雄

発行所　株式会社 コールサック社

〒 173-0004　東京都板橋区板橋 2-63-4-209

電話 03-5944-3258　FAX 03-5944-3238

suzuki@coal-sack.com　http://www.coal-sack.com

郵便振替　00180-4-741802

印刷管理　（株）コールサック社　制作部

＊装丁　奥川はるみ

落丁本・乱丁本はお取り替えいたします。

ISBN978-4-86435-382-3　C1092　¥1500E